어느 수인에게 보내는 편지

b판시선 006

조삼현 시집

어느 수인에게 보내는 편지

도서출판 b

청미래 덩굴 아래

자벌레 한 마리

α와 Ω를

폈다 접었다

온몸 반성문을 퇴고하며

기어가고 있다

제2부 어느 수인에게 보내는 편지

제4부 길에 대한 명상

제1부

소리의 방

맥문동

그늘은 태양의 벌레 먹은 자국이다
빛의 무덤이다

사람만이 촛불을 컨다, 그럴까?

보라, 보라!
보랏빛 맥문동꽃
가느다란 대궁에 오순도순
성냥알처럼 핀

그늘꽃

빛의 이면엔 그늘이 있다는 듯
배후가 환해야 세상이 따뜻하다는 듯

소리의 방

새 한 마리 휘익 부리로 바람의 사선을 가르며
늙은 오동나무 귓속으로 들어간다
동굴처럼 어둡고 게르처럼 아늑한,

오동나무는 겹겹이 여미고 싶은 나이테의 욕망 대신 몸속에
소리의 방 하나 들였던 것이다 늘 비워 두어 새들과
한뎃잠 뒤척이는 풀벌레며 다람쥐
제 상처에 깃든 것들을 비좁고 넉넉한 품으로 감싸 안았다
천둥소리 바람소리 눈보라 드나들며 몸 데워 가게 하였다

어떤 날은 집 단장을 하는지 새가, 옹이에 부리 다친 새가
물렁뼈를 쪼아대어 수심이 깊어지기도 하였지만
온갖 소리들이 오래 머물다간 방은 늘 이명 왕왕거려
귀앓이를 하기도 하였지만, 귀 멀수록 환해지는 오감이어서
오동은 나무의 결 속에 더불어 살아온 이웃들의 소리를
귀담았다

오동나무, 맑고 푸른 경전을 뜯는다

오동나무가 풀어낸 거문고, 장구, 가야금 중중모리는

소리의 방에 녹음된 오래된 미래를 공명하는 것이다

음계의 나라

오선에 머리 박고 물구나무서서
계단을 콩콩 오르거나 내려가거나
직립直立으로 걷다 한걸음 쉬어도 가고
반걸음쯤 빨라도 두 박자 늘어져도 좋은 나라
동해물과 백두산이 마르고
닳도록 살어리 살어리랏다 부르다
말발굽처럼 둥근 소리표로
별을 노래하고 사랑 얘기도 나누는, 가파른
이음줄 무지개다리 도돌이표로 돌아가
층층 건반 위를 물결치듯 흐르는,
생김새야 검든 희든
(그래 지하철을 타면 검고 흰 음계 참 많더군)
꼬리표를 단 것과 안 단 것들
그 길고 짧은 호흡이 하모니를 이루는,
높고 낮은 음색들이 함께 어우러져
아름다운 노래가 되는 소리, 소리들

돼지꿈

.

개업식 제단 위, 상큼하게 면도한 돼지머리가 웃는다 누가
죽어 저리 온화한 미소 지을 수 있을까 지그시 감은 눈 귀에
걸린 미소 참수 순교자의 두상 같다 개금불사한 좌불 같다

오냐 오냐 술잔을 올리고 복채를 꽂아라 굽힐 줄 모르는
철각 무릎을 꿇고 발원성취 절을 하며 축문을 읽는 너는……
나, 한평생 똥 범벅에 뒹굴며 인간의 구정물로 허기를 채웠다
돼지처럼 처먹기만 한다는 온갖 악담 비곗살로 막아내며,

그렇지만 당신, 배고픈 소크라테스보다 배부른 돼지를 신봉
하시나요 제식祭式이 끝나자 내 살점을 뜯어 오독오독 씹는,
내 입 코 귀에 쑤셔 박은 지폐를 꺼내 흐뭇흐뭇 세는, 걸태질
자본의 꿈이라면 내 꿈꾸지 마, 돼지꿈 꾸지 말라니까!

구멍들

귓속에서 자꾸만 모래가 씹혔다
언어가 슬어놓은 알의 포상기태들
퉤퉤 뱉으려고 하지만 울퉁
불퉁한 분절음이 이명처럼 갉아댔다
오래된 귀엔 소리의 여과기가 있는 걸까
가스레인지 후드 필터를 갈 때 우연히
늙은 수리공의 귓속에 털이 나 있는 것을 보았다

귀는 말을 먹는 입이다

입속에서 자꾸만 부메랑이 뛰쳐나왔다
입이 던진 부메랑에 누군가가 베이고
초목草木, 금수禽獸가 쓰러졌다
똥 누는 횟수보다 양치하는 횟수가 더 많은
이유를 생각하다, 내 입을 으깨버릴까 봐
늙은 독수리가 낡고 굽어
사냥할 수 없는 부리를 벼랑에 들이박아 새부리를 돋게

하듯

입은 언어의 배설구다*

항문은 내 혼신魂神의 부댓자루를 묶고 있는
끈이다, 밀교의 은밀 창고다
아무데나 귀와 입을 흘리고 다니지 말라고
꼭지를 닫았다, 내압을 조였다
변기에 앉을 때 무릎을 꺾는 것은 신성
의식을 치르기 때문이다
죽을 때 비로소 괄약근을 놓는

항문은 몸을 포괄하는 둥근 괄호다

* 사무엘 베케트의 '머리의 항문인 입' 변용

19

안녕하세요 줌마

입에 장신구처럼 안녕하세요를 걸고 다니는 그녀
출근길에서 만나면
소한 칼바람보다 먼저 도착한 그녀의 안부가
재래시장, 날 밝기를 재촉하여 아침을 부팅하는
알전구들 켠다 화티 옮겨붙어
투박한 입술들 모여 모닥불을 지핀다 그녀는
지병처럼 달고 사는 가계의 슬픈 내력을,
임대아파트 낮은 담장을 날아오르지 못한 아이의
부러진 날개를 꿰매기 위해 손뜨개
느린 동작처럼 지그재그
비탈진 골목길을 박음질하며 기어오른다는 것
누군가의 신선한 아침을 공양하는 그녀의 리어카가
굴곡에서 움찔, 무릎을 꺾는다
여기서 탄력을 놓으면 생은 또 얼마나 밀려 추락할까
그녀가 유선형으로 몸을 말아 쥐자 리어카
활 같은 손잡이가 바르르 떤다
화살을 가장 멀리 쏠 수 있는 힘은 시위가

끊어지기 직전 튕기는 반동임을 알기 때문이리라
언덕을 향해 내일을 쏴 올리는 힘, 끙!

그녀가 햇살 속으로 날아간다 우유와
요구르트 병들이 잘그랑거리며 추임새를 넣는다

다가구주택

32세 시나리오 작가 최고은의 단칸방
창문에 수신자 불명의 격서 붙어있다

그동안 너무 많은 도움 주셔서 감사합니다
창피하지만 며칠째 아무것도 먹지 못했는데
남는 밥이랑 김치 있으면
저희 집 문 좀 두드려주세요

한 끼 굶어 담 넘는 길고양이와
사흘 굶어 담 넘는 도둑과
굶어 죽어도 담 못 넘는 그녀의 선택 사이엔
몇 공기 밥알의 갈등이 있었을까?

지랄지랄 눈은 흩날리고 이 도시 늪지 저편엔
공룡자본주의 성기처럼 우뚝 선 백화점
네온사인 불빛은 질경질경
껌 씹는 나부裸婦처럼 깜박이는데

화냥기를 질질 흘리며 호객행위를 하는데

세모가 바뀌면 둥근 해 뜨려나
세밑이 저물어도 새해가 오지 않는 시간의 허방

(전기요금을 내지 않아 단전합니다)

그녀 방 싸늘한 전기장판은
주인보다 먼저 체온을 놓았다

제국의 뒷골목이여, 자본의 사생아여
매음賣淫을 핥느니 요절을 꿈꾸었는가

괴물

1

괴물이 출몰했다 이 작은 도시에도 서울, 뉴욕, 도쿄, 런던, 파리에도 출몰했던 녀석이다 놈의 식욕은 왕성하다 닥치는 대로 먹어치운다 목젖까지 차오르도록 먹고선 게워낸다 게워내야만 포만감을 느낀다 놈의 뱃속은 유리알 투명하다 밤중에도 속이 다 훤히 보인다 가죽재킷, 프라이팬, 육류, 야채, 칼, 도마, 없는 것이 없다 많은 사람들 스스로 놈의 뱃속에 들어갔다 토사물에 섞여 나온다 목 잘린 닭, 발 없는 오리, 냉장고, 텔레비전, 가스레인지와 함께 섞여 나오기도 한다 오늘은 새 옷을 바꿔 입은 아내가 토사물 속에서 활짝 웃고 있다

2

지폐가 동전바퀴를 달고 이 골목 저 골목으로 굴러다니던 담론 1976년. 그땐 그랬었다 골목길에 우뚝 선 전봇대 이 도시의 솟대였다 우산살처럼 펼친 전깃줄 도시의 혈관이었다 혈관 속으로 흐르는 쌀, 연탄, 이발가위, 장도리, 브래지어, 고등어; 이 도시의 백혈구와 적혈구들; 풍년쌀집, 삼천리연탄,

행복이발소, 근대화철물, 미도양품, 서해건어물, 할매순댓국,
허바허바사장, 종점미장원, 시대양복점, 상아탑문구, 다복다
방, 자매수선집, 식칼 갈아요 곤로 고쳐요 울어라열풍만물수레
상…… 돌고 도는 돈의 정처 없는 착지, 먹이사슬의 상생

.

발바닥 신전

아버지는 죽은 당신을 칼로 긁어냈었다
뿌리치고 싶지만 벗을 수 없는 유전자
아들이 또한 죽은 나를 칼로 벗기고 있다
물에 불려 한 켜 한 켜
묵은 옹이의 시간을 지우려는 것이다
이제 칼로 오려도 아프지 않은 슬픔
나보다 먼저 죽어버린 비루한 내 이승이야
김유신의 말(馬)처럼 '나으리 어디로 모실까요'
묻지도 않고, 너덜길
가시밭길 가리지 않고 주인을 섬기느라
산 채로 죽어버린 시간의 화석이야
기쁨은 손끝에서 달아오르고
살을 에는 고통은 발톱에서 자란다지
각질을 긁아내며 너의 행로를 더듬는다
먼 길의 궤적 내 삶의 이동경로가
발바닥에 바코드로 박혀있다
내 육신의 무게를 짊어진 인도자

저 낮은 곳에 임하신 한 켤레 사제^{司祭}야
나 오늘 발바닥에 이마를 대고 기도한다
내가 우러르는 것은 바닥
세상 모든 뿌리의 신전은 바닥에 있음에

민들레

점점 부풀어 펑, 터지고 말 것이다
바람이 슬어 놓은 알에 햇빛이 착상했으므로

노오란 생리혈이 꽃잎에 배었던가
폭발음을 장전한 살비듬 알이
애드벌룬을 찢고 벼랑에서 뛰어내린다

사람들은 봄을 노래하지만 정작 나는
메마른 땅에 뿌리내리는 슬픈 종種
번갯불이 번쩍 아찔했으나 흩어지는 씨앗들
산수유 개나리 진달래 지나, 비에 젖어

흘러가는 것들은 어디에선가 멈춘다
맨홀 턱에 걸렸으므로
식어가는 섬모를 햇살이 말려준다
바람에 몸을 맡겨
고통의 뿌리를 땅에 밀착시킨다

일 년 전 흩어진 홑씨가 방금 눈을 떴다
도심 보도블록 틈새에서 선거 벽보
바닥을 딛지 않은 날개의 추락을 읽는다
바람이 공중을 허락하지 않았으므로
공중의 소유권은 바닥에 있으므로

보라, 최저생계 막장에서 가장 낮게 엎드려
봄을 틔우는
공중과 바닥이 민들레 주권이다

도봉산에서

여근석 처음 본 건 아니지만
처음 여성봉에서 보았네
사타귀바위 위 저 소나무
산객들 셔터 눌러 김치인사하는 것은
한 그루 나무가 산의 장엄을
통째 품어버렸다는 것
풍상을 이겨낸 용틀임일까
거북등 같은 껍데기에 근육질
푸른 시간이 화석으로 박혀있다
박토薄土 아닌
박돌薄乭에 뿌리내려
돌에 눌린 새 乙乙乙 울었네
지난여름 가뭄에 진저리쳤네
까짓 상처는 두렵지 않았다
여린 실핏줄로
거대한 바위를 뚫고 들어가
쐐기를 박듯 쪼개고 들어가

한 모금 흙과
돌의 즙으로 연명하는……

사는 것이 쩍쩍
저수지 마른 바닥 같은 날
올라가 볼 일이네, 도봉산에

대설경보

1
들고양이 산토끼 노루 꿩 배고픈 동물들이
어슬렁어슬렁 민가를 배회하는 멀리
바다가 보이는 숲 속 민박집
사르락 사르락 눈은 내리다 쌓이다 메꿎고
길은 지워져
투숙객은 끊긴 지 오래
설원 앞마당에
하얀 플라스틱 의자 둘 소복이
눈 쌓인 탁자를 사이에 두고 마주 앉아
뭐라 뭐라 대화를 나누고 있다
청솔모가 이 말씀 알아듣고
꼬리물음표를 끄덕이다 사라진다
동박새가 동백나무 꽃망울에 부리를 비비다
혼비백산 날아간다

2
저물도록 눈은 그치지 않았고 뉴스에서는
지구온난화로인해북극의빙하가녹아흘러내린물이대기의
온도를차게하여일시적인이상기후현상으로……

3
수백 년 후 태어날 아기가 포고령을 선포하는가 쩌렁쩌렁
벼락 치는 소리 들린다
뒤란 아름드리 소나무가 뚝
허리를 부러뜨려 뉴스를 *끄자*
긴— 칠흑

거대한 자궁

-양해열 시 「베이비 디자이너」에 부쳐

당신은 머릿속에 자궁을 가진 남자
지금 태교 중이지요
당신은 아기를 파는 자판기
아, 하고 입을 크게 벌려보세요
정액제 코인을 넣고 내가
나 하나를 사겠어요
당신은 도자기를 만들 듯 진흙을 반죽하여
배아복제를 하는 전능자
동작도 참 빠르시지 벌써 삼 분 만에
자궁에 불 지펴 아기를 굽는군요
아흐 컴 온 베이비, 젊은 날
애인의 침실을 회상하는 중이에요
나를 서른 살 건장한 아기로 구우려면 가마 온도
천이백 도쯤이 적당하지요
그렇지만 당신은 노벨은 굽지 않는군요
후세 바이러스들이 다이너마이트를 백린탄
열화우라늄탄으로 변조했기 때문이죠

내 뒤에 줄을 선 여자
백설공주를 주문하더니
아저씨 하나 더 추가
김수환 추기경님이요
그 여자의 뒤의 뒤의 뒤에 선
장난기 있어 보이는 남자 큰 목소리로
아저씨 히틀러 백 명!

시인이여, 파실래요?

당신은 머릿속에 우포늪처럼 거대한
자궁을 가진 남자

지평선

맨 처음 땅에 물을 채워 볍씨를 파종한 농투성이는
수평이 맞지 않아 쏟아져 내린 물의 낮은 곳을 고여
기울기를 잡았을 것이다
골백번도 더 쏟아져 내린 물의 높은 곳을 돌과
나무로 쪼아내 유속을 잡았을 것이다
떠나는 물을 잡아두는 건 물의 성정이 아닌 농심이어서
바위를 내려 계곡의 수심을 채웠을 것이다
농부의 흰 등 경사면이 가팔라질수록 산은 몸을 낮췄고
지평선은 너비를 키웠으리
하늘과 땅이 맞닿은 곳을 인심과
천심이 내통하는 정령精靈의 영토라 하자
광야에 청노루 떼 어슬렁거리는 게으른 평화,
먹을 것과 입을 것과 누울 곳만으로도 족한
가난한 풍요가 있었는지 모르지만
써레질이 끝난 후 앙금 가라앉을 때를 혁명 내일의
완성이라 하자, 과거가 먼저 도착한 미래라 하자

제2부

어느 수인에게 보내는 편지

노역勞役

　요즘 들어 부쩍 허공에 눈길 매달고 사색의 더듬이를 세워 톡톡, 회백질 기억의 뇌관을 두드려보면 밤이 이슥토록 불 밝히지 않고 별빛 달빛 끌어모아 바느질을 하던 여인이 환히 다가오는 것인데

　바늘에는 눈이 있어 헤진 것과 쓸모없는 것들의 쓸모를 잘도 알아보아 동전문양의 팔꿈치며 줄 내림한 옷가지들을 덧대고 싸매 입성 좋게 차려주시던 것이었으나 눈에 쌍불을 켜고도 바늘귀를 찾지 못해 멀어지며 찌푸리며 애간장만 찔러 대던 쇠든 눈

　바늘구멍으로 세상을 내다보아, 말씀 그 너머 말씀을 꿰어보아 "애야, 넌 죄수의 이웃이니라" 못질을 하던, 마음의 눈으로는 찢긴 것과 상처 난 것들도 귀히 쓰임새가 보인다던 노파의 심미안을 이제야 내가 돋보기안경을 끼고 들여다보고 싶은 것이다

노역 2

어떤 신부님이 물었다
목이 가늘고 긴 투명 호리병 속에
새 한 마리 갇혀 있습니다
날개를 다친 상처 깊은 새를
더는 아프거나 다치지 않게
죽지도 않게 꺼낼 수 있겠습니까?

나는 가끔 한 번씩 약이나 발라주고
먹을 것과 덮을 것은 넣어주며
네가 아파, 아프지 않은 내가
나를 위안하며 예사로이
팔딱거림을 구경하다가, 노역 삼십 년 만에
이제야 새를 꺼내려 합니다

네가 너를 호리병 속에 가둔 것처럼
네 생각이 너를 자유롭게 할 때까지, 내가
자기도 함께 갇힌 것과 같이

간힌 자를 생각할 때* 새는 마침내
힘찬 날갯짓을 시작합니다

노오란 혀가 쩍, 새벽을 찢는,
새 발의 피 가는 종아리가 굵어지는
지금은 깃털을 손질하는 날개의 시간
부리의 방향키는 하늘을 겨누고

* 히브리서 13:3

노역 3
-어느 수인에게 보내는 편지

一心이나 일편단심 문신 속엔
깊이를 알 수 없는 저수지가 출렁거리지
먹물 몇 방울의 수심이 저리 깊을까, 물귀신처럼
집요를 물고 늘어져 놓지 않겠다는
외통수의 경구 一心
일편단심으로 무엇을 하겠다는 것인가
상처를 다스리는 맹독처럼 극단이 사랑이다, 너는
천 길 물속보다 깊은 얕은샘물체
자기최면의 경구에 빠져버렸어
생각의 행보가 사람을 끌고 다닌다면
너를 주관하는 독재자는 꽝꽝 언 저수지 물밑
맹금류의 호흡법으로 부활을 꿈꾸지
크리스마스가 싸락눈으로 붐비던 날 생각이
한 생각을 끌고 저수지 속으로 들어간 뒤 물은
꽝꽝 얼었고 저수지는 입구와 출구를 닫아버렸어
너는 아직도 출구를 찾지 않지만 출구는
아파트 현관문을 생각하면 유추할 수 있지

걸고, 돌리고, 버튼을 누르는 삼중 잠금장치 철대문
두문불출 종일 현관문을 살피다보면 감옥과 출옥이
뫼비우스 띠라는 생각이 들기도 하지
너는 겨울 저수지에서 썰매를 타본 적 있니?
아무리 얼어도 어느 한 곳은 꼭
얼지 않고 열어둔 곳 있지
물이 죽지 않으려고, 살아 숨을 쉬려는 물의 문門이지
너는 안에서 밖을 가둬버린 거야, 똑똑
밖을 두드리는 햇살의 노크에 장단을 맞춰봐
시간의 끝자락은 늘 처음이니까!

동행

누군지도 모르는 아무나 당신, 우리
연애 한 번 해보는 건 어때
수작 한 번 부려보는 건 어때
빛이 그림자를 내외^{內外}처럼 동행하듯
시가 시인을 한평생 데리고 살 듯
늘 가까이 또는 멀리 있는 그대여
재래시장 허술한 순댓국집에서 만나
시린 소주잔으로 첫인사를 기울인,
마을버스를 타고 가다 아등바등
지하철을 갈아타는 그대여
검정 비닐봉지에 두부 한 모 사 들고
해거름 녘 골목길로 휘어져 가는 이여
목소리가 작아 어깨를 움츠린,
정이 안양천 물비늘처럼 남실거려
하찮은 것에도 그렁그렁 눈시울 젖는 이여
오늘도 무사하였구나, 서로 등 다독이는
늘 중심이 아닌 길모퉁이

누군지도 모르는 아무나 당신, 우리

팔짱을 껴보는 건 어때

스크럼을 짜보는 건 어때

죄와 벌

-K 씨의 탄원

간절한 마음으로 어루만지면
돌멩이가 부처 되는 것처럼
내 으깨진 손바닥으로 또 두드리면
문이시여 열리겠습니까?
여기 문이 있습니다
이십 년 동안 한 번도 열리지 않은 문입니다
수많은 사람이 드나드는 이 문은
나와 함께 삭아가는 시간의 흔적을 굳게
걸어버린 거대한 철문입니다

일생 내 이름 목 놓아 부르다 야위어가는
한 여인이 있습니다
이제 샐비어꽃빛 입술에 어둠 나왔고
깊게 잠긴 볼엔 검버섯이 묵화처럼 피었습니다
내 손을 놓고선 죽어도 못 죽을, 훌훌
떠나지 못할 당신은 수평선 너머
천 리 남쪽 외딴섬에 계십니다

46

내가 생의 불씨마저 놓아버린 뒤 벼랑 끝
짐승 되어 울부짖던 그때부터였던가요
당신의 겨울은 구들에 불을 지피지 않습니다
뼛속 파고드는 냉기를 여태
당신의 체온으로 데운다지요

여기 문이 있습니다
부디 바라옵고 원하는 것은,
이 문 두드리는 것은,
나를 신^神으로 섬긴 당신을, 내가 당신을

단 하루라도 신으로 섬기려는
종신수^{終身囚}입니다

죄와 벌 2

소녀는 설핏 미소 지으며 인사를 하였다
하얀 치아에서 내림단조 하모니카 소리가 날 것만 같다
금요일 시험 마치고, 폐광촌 예밀에서
버스 세 번 갈아타고 왔다는 소녀는
오 년 만에 아비의 얼굴을 본다고 하였다
쇠창살 사이로 만들어 보인 두 손 모음 작은 하트
아비도 따라서 시늉을 한다

고비, 두릅, 곰취, 누룩치, 산도라지 바꿔 영치금을 넣어주던
곱사등이할매는 마침내
산그늘 묏등 한 채 얻어 등을 폈다, 하였다

어미 닭이 날개 속에 병아리를 품는 것 같은 서로의 눈빛
한참
<u>흐르고</u>

가슴속에 눌러둔 말

목젖으로 꼭꼭 누르는 말
니 엄마는?

……………………………………………………
……………………………………………………

적막만큼 서러운 것 있을까
안간힘으로 견디는 비명은 소리가 나지 않을까
긴 시간 말없이 유리창에 맞댄 손 떼지 못한 부녀는

죄와 벌 3

장맛비 내리다
잠깐 들러가는 여우볕은 수인(囚人)들의 것이다
병동 운동장에 낯빛 창백한 목발 소년
잘린 다리로 풀밭 끌고 가는 방아깨비 같다
몸에서 쇠비름 냄새가 난다
먹구름 걸려있는 담장 밑 풀밭에서 이마를 땅에 대고
지금 네가 찾는 것은 무엇인가
타는 갈증 무엇이기에 손톱에
초록 물이 다 들도록 풀벌레의 노래라도 듣는가
가난한 너의 아비 어미가 한평생
온몸 닳도록
생의 밑바닥을 쓸고 닦아도 찾지 못한 꿈의 노래를 찾아서
사슬처럼 이어진 허기의 대물림을 끊긴
끊을 참인지, 찾아
낮은음자리표의 서러운 세상
돌연변이를 꿈꾸는 것이지
풀 향기 바람 있어 눈길 다가서자

감추는 듯 펴 보이는 손에 네 잎 클로버 한 장

죄와 벌 4

-홀리데이*

탕! 단 한 발의 총소리가 멎고……

내 몸속에 죄수의 피가 흘러요

그를 관통한 총알이 나를 뚫었거든요

나는 교도관이고 수십 년 동안

그의 부록을 독해하는 중이에요

그는 민가에 잠입한 탈옥수

세상을 인질 잡고 흔들어댔죠

원하는 게 뭔가요? 경찰관이 물었을 때

유전무죄 무전유죄 외쳤고

팝송 홀리데이가 듣고 싶다 했고

제 머리통에 권총을 쏘았지요

흉악범과 홀리데이 어떤 상관관계가 있을까요

그도 인형극을 보고 미소를 짓거나**

성일聖日처럼 평온한 세상을 꿈꾼 것일까요

내 몸속에 죄수의 피가 흘러요 holiday

holiday 새김질하면 몸이 달아올라요, 이런 날은

시집이나 경전 대신 그의 부록을 켜죠

더러운 내 핏속에도 생기가 돌기 때문이에요
내 귀가 따라 부르는 노래는
높은음자리와 낮은음자리가 하모니를 이루는 것
나의 노래가 새들에게로 가 발화하는 것
새들의 노래가 우리들의 폐허에
신성 꽃이 되어 피어나는 것
아주 쓰러지지는 않았으므로
새벽이 올 때까지 눈물로,
눈물의 힘으로

* 실재 사건을 극화한 양윤호 감독의 영화
** 비지스의 <holiday>에서 인용

죄와 벌 5

나는 지금 감옥 망루에 올라
안과 밖을 두루 살피는 밤이네
살피다 문득 안팎을 뒤집어보는 궁리를 하네
어디가 낙원이고 무저갱인지
아수라를 석방하고 피안을 가둬보기도 하며
혁명을 꿈꾸네

감옥에는 강이 흐르지
정치 경제 사회 문화 굽이치는
강심의 파랑 속에 역사가 흐르네
감옥은 나라의 조감도 감옥을 보면 나라가 보이지

감옥은 특종들의 물류창고
오늘 밤엔 헤드라인 뉴스에서
화면 가득 근엄한 미소를 짓던 이 대 팔
가르마를 탄 이무기 한 마리가
내 입속으로 들어오네

검룡소에서 한강 하구까지 온통
흙탕물을 일으키며 역사의 수갑을 차고

민초들은, 죄수들은, 개털들은 왜
수미산 사천왕처럼 눈알을 부라리는가
법전보다 두꺼운 알통을 내미는가

지금은 강물이 흐르는 시간, 다만
거꾸로 거꾸로 흐르는 밤

죄와 벌 6

안양교도소 대강당은 화 수 목 차례로
기불천* 삼교 신전이다
화요일의 예수가 수요일엔 부처가 되고
목요일엔 성 마리아가 되기도 한다
허기를 채워주는 곳이면 돌과
나무도 신전이라는 탁발도사 김○○ 씨

샐러드를 먹다 부러진 치아 나랏밥 먹다 부러졌으니 나라에
서 물어내라 복지담당 바짓단을 잡고 늘어지거나, 내 나이
여섯 살에 어머니를 잃고 열세 살에 아버지마저 잃고 신파연극
을 하며 눈물값을 조르거나, 뱃속에 큰 담석사리가 들어앉아
있어 죽어 다비식을 하면 내가 부처임을 알 것이라던 말끝머리
흐리며 출소하면 내미는 손 없는 시방세계가 곧 감옥이라는
자칭 법자法子 새끼

오늘은 수녀의 피아노 반주에 맞춰 성체성가
오십팔 번 곡 입만 벙긋거리다 실눈 뜨고

나눠주는 떡 곁눈질하며 기도인 척 중얼거린다

협곡에 날 저무는데
아흔아홉 마리 양 중 한 마리 병든 양을 살피시고
열 손가락 깨물어 아픈 손에 떡도 쥐어 주시며……

* 기독교, 불교, 천주교 모든 행사에 참석하는 떡신자의 은어

바람의 경작

여남은 평 주말농장에 아욱 상추 쑥갓 오이
오늘은 고추모를 심는다
쇠스랑 소리가 싹을 물어 올린다는 사월 말은
바람의 가시털이 아직은 숨은 계절
모종은 온실 밖 풍경이 낯설다 잔뜩
기겁하여 고개를 들지 않는 풋대, 물을 주자
허공에 기대어 심호흡 하는 연록의 순
순간 청보리밭 뒹굴어 온 댑바람이 정수리를 후린다
이파리 뒤집히고 여린 줄기 끊어질 듯 휘청거린다
허어, 이거 참 근심을 심었구면……
내가 지지대를 세우며 중얼거리자
이웃 밭이랑 갈무리하던 노인 한 분이
아직 지지대를 세우지 말란다
자빠졌다 일어난 놈이 맵게 크는 법
바람이 대궁의 근육을 키운다며, 흔들기에
버티는 힘이 뿌리 깊은 나무를 심는다며 웃는
노인의 얼굴 오만상 주름살 한 그루

금강송으로 우뚝 섰다

립스틱 뻐꾸기

1

산그늘 드리운 숲에서 뻐꾸기가 운다 너 이승의 짐 돌멩이
얼마나 무거우면 벗고, 벗겠다 몸부림이냐 뻐꾸기 울음소리는
붉기만 하여 돌이킬 수 없는 마음처럼 멀기만 하여 가까운
곳도 늘 그만큼의 거리에서 아스라이 들린다 개개비 둥지에
알을 낳은 업보겠지 계모 품의 새끼 핏덩어리 새끼 차마 다가서
지 못하고 이 나무 저 가지 팥배나무 그늘에 숨어 발가락이
새붉게 슬피 우는 것이냐 뻐꾸기 울음소리는 벗고, 벗고, 벗고
날이 저물도록 좀체 그치지 않았다

2

낮은 산자락을 낀 천사원 놀이터
손톱에 봉숭아 꽃물들인 아이들이 재재거리며 뛰어논다
시소를 타다 흙에 뒹굴다 모래를 뿌리다
놀다 웃다 울다 웃다 함부로 논다

담장 뒤 굴참나무 숲에 뻐꾸기 한 마리 숨어 지켜보며

입을 틀어막고 지켜보며 날이 저물도록 슬피 울고 있었다

붉은 립스틱 뻐꾸기였다

꽃들은

꽃들은 바람 부는 날 사랑을 한다
암술 수술 사박사박
바람 부는 날 사랑을 한다
피고 지는 것들, 한 줌
바람이 맺지 않은 씨방 있을까
어디 눈물 아닌 바람 있을까
때로는 웨이니아* 훑치고 간 자리
뿌리째 덜컹대는 아픔도 있겠지
사정없는 비바람이여
굽이치는 한고비 生이여, 누가
수마水魔가 쓸어 간 화단을 정돈하는가
꽃들의 경작을 일으키는가
잠시 움츠릴 뿐, 제 가슴에 꽝꽝
주먹질 몇 번 하다 아무렴은
그만 털고 일어나
따순 피 뿜어 올리는 초록 핏줄이여
사노라면 문득

꽃바람 살랑이는 날 있지 않던가
야생 천지에 이름 없다 피지 않는 꽃
있으리, 저마다 상처망울 터뜨려
숭어리 꽃 피워 올리는
꽃들은 바람 부는 날 사랑을 한다
향기 흔들어 벌 나비 친다

* 2006년 전국을 휩쓴 태풍

손잡이가 되다

투신 사고로 늦게 온 만원 전철 안
양손 비닐봉지 가득 가리비 꽃게 왕새우
서해 바다를 끌고 온 저 여자
밀물 썰물 교차하는 역마다 파랑 친다
함초 짭조름한 땀내 나는 사람들 틈새
이리저리 찰박거려도 거둬줄 손잡이가 없다

살다 보면 지푸라기 한 올 잡아주지 않는 날
억장 가슴 바위에 깨부수고 싶은 날 있다고
남편 뜨고 시작한 선술집 늦밤 취객에게 시달리다 보면
니기미 떡할 울뚝증이 난다고
젊은 놈이 지 명줄 놓긴 왜 놓느냐고
죽을 힘 다해 살면 왜 못 살겠느냐고
일행과 대화 나누는데

속수무책 금정역 환승 인파에 쓸려가는
저 여자 순식간, 내 바지춤 움켜쥔다

앗! 거시기, 아주머니, 앗! 거시기

수라장 허공에도 손잡이는 있다

조리원 K

그녀가 웃는다, 햇살 튕기는
사금파리처럼 웃는다
유리 액자 속 저 젊은 여자
보조개가 웃는다
못난 덧니가 웃는다
저 여자는 웃어서 슬프다
새파랗게 젊어서 슬프다
나이 여남은에 밥 짓기를 시작했다지
십 년 넘게 나에게 밥을 해준 여자
평생 밥만 짓다 간 여자
개처럼 살다 마침내 사람이 된 것일까
머리에 사람 人자 왕관을 쓰고
검은 리본으로 생의 방점을 찍은……

망자가 차려준 마지막 밥상
환영幻影 덧니가 웃는다
헛웃음 눈물이 웃는다

제3부

낮달의 사인

매미

자신의 죽음을 미리 문상하는 곡哭이 있다
얼마나 서러우면 저리 뜨거울까
행주를 짜듯 울음을 쥐어짜는,
목청으로만 울지 않고 온몸 부르르
치를 떨 듯 우는

온 산을 긁어대는 자진모리
저 뱃살 아코디언!

수 년 동안 땅속 굼벵이의 꿈이
단 한 주일 온몸으로 울다 접는 생이라면
매미의 하루는 칠십 평생 어머니의 어디쯤일까
남도 끝자락 서럽게도 붉은 황토밭에서
한평생 눈물 뿌려 농사지으시다
숨 거두기 직전
내 손 꼬옥 움켜쥐고 놓지 않던
경오년 칠월 그믐

낮달의 사인死囚

내가 어머니를 죽게 했어요
욕조 찬물에 담가 물고문을 한 것이지요
남들은 저 양반 죽기 전에 이승의 때
다 벗었으니 좋은 데 가셨겠다 했지만
내 생각은 오직 그러지 말 걸 그랬어요
당신의 몸 깊숙이 밴 지린내며
치매의 흔적들 지우지 말 걸 그랬어요
낮달처럼 야윈 젖이며 앙상한 손마디
아, 이 눈부시게 슬픈 문이 나를 세상에 보냈구나
당신의 여미고 싶은 곳을, 이젠
부끄러움도 놓아버린 생의 헐거워진 근력을
구석구석 고문했던 것이지요, 나는
어머니 좋아? 하고
게슴츠레 눈 풀린 당신은 처음, 마지막
生의 오르가슴인 양 흐뭇해했지만
우리 서로 믿지 말 걸 그랬어요
삼복더위를 믿지 말 걸 그랬어요

어머니 치가 떨리시나요

왜 이렇게 부들부들 떨고 계세요

고향 집 뒤란 플라스틱 욕조 노천탕에서

어머니 시원해? 오냐 시원타 했지만

용서 참 쉽군요

내 죄를 덮으려 사흘을 더 사셨죠

낮달이 원하는 물의 체온을 그땐 몰랐어요

맑은생태탕

죽어서도 감지 못한 눈이 있다
네가 밟혀 지상의 것 마지막으로 너를
눈에 담아 가려는 간절한 사랑이
눈꺼풀을 들어 올렸나

일초 일초 사위어 가는 심장의 전원
끊었다 붙였다, 동공에 스미는 빛과 어둠
열었다 닫았다, 숨 딱 끊어지는 그 순간
눈썹 위 바윗덩어리를 들어 올린 사자^{死者}의 힘!

이승과 저승, 윗눈꺼풀과 아랫눈꺼풀 경계에서
큰애야, 작은애야, 장손아, 그중
너 사는 것이 팍팍해 내 죽음 앞에서 유독
서럽게 울 허릅숭이 막내야

죽어서도 감지 못한 눈이
별이 된다는 전설을 들은 적이 있다

혼자 먹는 저녁 맑은생태탕에

비문증 별 하나 뜬다

택배

    간곡한 마음이면 틀린 주소로도 전해지는가 겹겹이 주름진 앙상한 손 떨면서 탁본을 뜨듯 베꼈을 어머니의 기별 확, 코끝에 와 닿는다 맵다 나는 차마 박스 속 속정 들여다보지 못하고 남향의 하늘만 우러르고 있네 가을비 한 두름 울컥, 눈물처럼 지나가고 지난여름 아린 기억 한 점 뭉게구름 피어오르네 팔월 땡볕에 시들지 않은 것은 전봇대뿐이었지 관절염 두 다리를 질질 끌며 궁둥이에 폐비닐방석 매단 앉은뱅이걸음 밀며 고추를 따시는 어머니! 온몸으로 기어가는 한 마리 굼벵이였네 끊어질 듯 휘어질 듯한 고춧대허리춤 두 손 받혀 쭈우욱 펴 일어서며 "저 염병할 놈의 화상은 왜 지만 펜케 자빠져서 이 고생을 시킨다냐, 그래도 어쩔거시여 내가 이거라도 한께 우리 자석덜 묵고 맵게 살제" 고추밭 옆 하얀 참깨꽃밭에 모신 지아비 봉분을 향해 화살 된통 쐬붙이더니 몸뻬 속 뇌신* 한 알 꺼내 드시고 이내 회오리바람 몰아친다

    지난여름 고추들은 어머니 욕을 먹고 매운맛 붉게 차올랐다 지금, 고춧가루들이 나를 향해 일제히 염병할 놈 염병할 놈

염병할 놈 너 혼자만 잘 묵고 잘 사냐, 하는 것 같다

* 진통제의 일종

핸드폰이 올지도 몰라

-B 씨 이야기

가벼워라 한 줌의 생, 팔순 노모를
산비알 양지뜸에 내려놓았습니다
이제 당신의 결박을 자르렵니다
치대고 버무려 서로 스미고
젖어든 시간의 탯줄을 끊으렵니다

당신이 즐겨 입던 마고자와
손때 묻은 노리개를 소지燒紙하고
분첩이며 손거울, 몇 가닥 어머니
흰 머리칼이 긴 얼레빗도 내다 버렸습니다
벽에 대고 중얼대던 은거방언은 자식 위한 유장
기도였나요, 한 생애가 피워 낸 불후작
똥꽃을 지우려 당신 방 도배도 새로 했지요

호적을 파낸다는 것은 부득불
혈족의 연을 끊겠다는 것, 동회에 가서 달랑 한 줄
생의 족적도 지웠습니다

주민증과 의료보험증도 반납하였습니다
허나, 가슴에 찍힌 낙인을
송곳으로 긁나요 칼로 도려내나요, 끝내
지울 수 없는 전화번호 하나

애비야, 눈길 조심해라
점심 단단히 먹어라, 운전 조심해라
당신 무덤 속에서
핸드폰이 올지도 모르겠습니다

양파를 깔 때 눈물이 나는 이유

양파를 깔 때 눈물이 나는 것은 꽝꽝 언 땅속
지난겨울 통증이 한 꺼풀씩 벗겨지기 때문이다
서릿발이 콕콕 맨살 쑤실 때의 비명이 들려오기 때문이다
몸속에 초록 불씨로 피어날 아기가 있어요*
알몸이 알몸을 끌어안고 견뎌낸 사랑의 은유 때문이다
땅 밑 어둠의 시간이 키운 고혹 살빛이라니!
껍질을 입어 여린 것의 옷이 되기 때문이다
화병 위 양파만 봐선 몰라, 눈보라 치는 겨울 들녘 양파를
보며
나는 누구로부터 피었지? 생각해본 사람은 안다
당신 가슴속에 초록 불씨 하나 심어 있었다는 것을,
불씨 꺼질까봐
당신은 겹겹 근심걱정 껴입고 살았다는 것을,
불면 날아갈까 바람 앞 등불일까 애면글면
타는 애간장이 입술을 깨물어 참고
참아 온 속울음이 양파처럼 포개져 아릴 때
사람들은 꽝꽝 가슴을 친다, 대개

가슴을 치는 사람들은 누군가의 화려한 조명을 위한 배후다
양파를 깔 때 눈물이 나는 것은 까도
까도 속마음이 쉽게 보이지 않기 때문이다

세상의 자식들은 모두 부모의 껍질 속에서 핀다

* 복효근의 「마늘촛불」 변용

슬하

1

노산이라고 했다 저 개 털빛이 가을 건천^{乾川} 마른 꽃마리
같다 세상사 다 귀찮다 자리보전한 이 저럴까 팔월 염천 깔고
누워 옴짝달싹하지 않는다 파리가 코끝 비벼댈 때 잠시 바르르
경련이 일었고 지그시 감은 눈 눈물 촉촉하다 축 늘어진 젖
바람 빠진 풍선이다 젖꼭지에 달라붙어 자리다툼 낑낑거리는
새끼가 여섯, 빨대로 빈 우유병 빨듯 쪽쪽 거리는 입, 찰거머리
떼

2

한때 나에게
이 웬수 같은 놈아, 이 웬수 같은 놈아
부르던 여인이 있었다

된서리 내리는데
머잖아 눈 올 텐데
추수 끝난 빈 들녘

80

끝물
고추꽃 같다 하였다

마흔다섯 살 엄마 젖을 처음 물었다

걸레김밥

나라고 잘한 게 왜 없겠나, 막둥이 장가드는 것 보고 죽으면 이제 죽어도 원 없겠다 하여 장가든 건 잘한 일이다 손주 하나 안겨주면 이제 떠나도 여한 없겠다 하여 손주 둘을 안겨드린 건 더 잘한 일이다 큰형님이 "어머니, 막둥이가 아들을 낳았는데 미숙아라서 병원에 입원해 있다고 안 하요" 했을 때, "냅둬라 죽든지 살든지" 말씀하신 어머니가 옳았다 정수리 후려치는 죽비의 말씀이다 뒤웅박 비빔밥에 곰국을 말아 자신, 걸레 조각에 밥을 싸 김밥이라고 주시던, 피안과 생시 분간 못 하고 놋요강에 똥 버무리 깻잎을 저미던, 오만정 다 떨어져 떼려야 뗄 정이 없는, 서로 슬프지 않게 마음 가볍게, 자식들도 지워버리고 홀홀 떠나신, 어머니가 옳았다 정말 잘한 일이다.

(나는 지금도 걸레가 목에 걸려, 예예 어머니, 지금은 배가 불러요 김밥은 나중에 먹을게요)

안락사에 대한 보고서

　본가에서 업어온 모종고추 화분에 심어 베란다 양지 켠에 모셨던 것인데 한 뙈기 고향 울울창창 허공을 경작했던 것인데 장사한 지 사흘 만은 아니고 죽은 자 가운데서 다만 부활하셨나니 꽝꽝 언 유리창에 기대서서 못 박힌 듯 용케 고쳐 사셨나니 지난겨울 잎 지고 누렇게 대궁 말랐던 사자死者의 간증 금년 봄 잎과 꽃 우렁찬 말씀 선포하셨나니 어라, 주렁주렁 고추를 매달았네

곤반부리*

눈 이불 덮고 자랐을까, 잔설바람 가시자
양지 켠 보리밭에 무덕무덕 곤반부리
시리게 흰 작은 꽃이 쌀밥 같다
땅 광에 묻어둔 무며 고구마 똑 떨어진
정이월 지나 춘궁, 괴로울 곤[困] 밥 반[飯]
내 유년의 허기를 채우던 나물 주전부리였다
낮잠에서 깨면 부황 든 하늘 샛노랗고
머릿속에 별이 번쩍거렸다
아이의 빗살무늬 갈비뼈에 매달린
동자박처럼 부푼 배
횟배를 앓던 아이는 배꼽을 파고 놀거나 하릴없이
추녀 끝 그림자를 마당귀
끼니때쯤까지 늘여보기도 하며 어둠 속에 스몄다
먼 산 나무 하러 간 누이야는
왜 여태 안 오나, 다 큰 가시내가
초승달 가쁘게 산자락 차오를 즈음
별꽃 한가득 소쿠리에 따오신 늙은 어머니

그 밤 알싸한 별꽃이 뱃속에서 흐드러지게 핀
밤새, 뒷간 염소와 마주 보며 염소처럼
풀빛 설사 똥을 누기도 한 날이었다

* 별꽃의 전라도 사투리

명치끝 이야기

낮은 산자락을 끼고
대숲처럼 사각대며 사는 집이 있었다
좀체 멈추지 않던 눈발 긋자 아비는
흰 광목 두루마리를 항아리에 담아
지게에 지고 나갔다
무릎까지 차오른 눈이 달빛의 발자국을 찍었다
멀리서 개 짖는 소리가 컹컹 고요를 물어뜯다 잦아들자
시린 별똥별 하나 주룩 눈물처럼 떨어졌다
헤아릴 수 없는 별마다 하나씩
이름표를 달아준 지극(至極)이 그렇듯
미처 펴지 못한 별의 마음도 아리고 저몄을까
아비는 밤이 깊어서야 돌아왔다
얼굴이 황토 범벅 땀에 젖어 있었다
침묵도 깊으면 절절 끓는가, 밤내
창호문이 입김으로 뜨거운 섣달
식구들은 모두 돌멩이 하나씩 삼킨 듯 말이 없었다
그 산 어디쯤 갔다 왔는지 그곳이 딱 어딘지

누구도 묻고 답하지 않았다

소화 안 된 식은밥 덩어리 같은 것이 쿡쿡

명치끝을 쥐어박는 날이었다

중년에 대하여

친구여, 우리들 가슴 어느 한군데
수문이 열린 것은 아닐까
바람 빠지는 풍선처럼 쏴와 쏴와
무언가 새는 것은 아닐까
오늘도 한 움큼 가을 햇살 머물다간 자리
산 그림자 밀려오고
시나브로 젖어들고
탁발 같다 시간이여
시간의 이마 위에 노을이
스미지는 않는가
번지지는 않는가
그 뜨거웠던 심장의 피
다 빠져나간 뒤
골다공 가슴만 남는다면
그리하여 그 휑한 곳에
광막풍 맵찬 회한만 들락거린다면
사랑이여, 다가오는 겨울의 체온

무엇으로 뎁히지?

친구여, 지금은 몸을 흔들 때

고요를 담금질하여

잠든 세포의 영혼을 깨울 때

입맞춤

기다리는 것 말고는 처방 없다는
말기 암 든 친구의 아내
마흔여섯 살 입술이 초승달처럼 시리네요
몸은 어둑해도 기억은 형형하여
우리 함께한 시간의 태엽을 돌려보는 것인데

젊은 날, 웃자고, 유치원 다니는 그 집 아이와
우리 딸 아이 정혼도 하고
오대산 자락 어느 허름한 민박집에서 손뼉 치며
노래 돌려 부르며 깔깔 웃던
모닥불 추억 쪼여도 보는 것인데

그녀나 나나 이제 마지막으로 본다는 것을
서로 아는 이 슬픈 문병의 시간을……
세상에는 기적이 있는 법이라고 나는 위로하고
그녀는 내 시가 참 좋다 공치사를 하다
순간, 눈 딱 마주쳐 머쓱하여

서로 외면하던 네 개의 눈, 차가운 스파크

날 풀리는 내년 봄날 매화잔치 가자
악수하고 돌아서는 병실 문
이승과 저승 문턱에서 서로 속아도 주는
약속, 슬픈 입맞춤

입동

내게 다 못한 사랑이 있다면
한 그루 은행나무이고 싶다

휘발유를 뿌린 듯 온몸에 불사르고
일제히 투신하는 노란 단풍

사랑의 언약도 정금 열매도
마주 보고서야 맺는다는 너는

입동 서릿바람에 황금빛 추억
지상에 다 부려놓고
앙상한 나목으로 선 너는

내 사랑을 모두 태워버린 날
나도 너처럼 빈 가슴이고 싶다

제4부

길에 대한 명상

길에 대한 명상

사람이 길을 내기도 하지만
대저 길은 물을 따라 흐른다
길이 물을 에돌아
물이 길을 휘감아 굽이굽이
물과 길 동행한다
길이 물을 따라 흐르는 것은
길도 제 갈 길 모르기 때문이다
누가 홀로 끝 간 데 없이
길을 걷는다면, 묵묵무언
소처럼 간다면
그도 길을 모르기 때문이다
길이 길을 말하진 않지만
그곳으로 가는 이정표가
물속에 있다 하네, 관수세심觀水洗心
마음의 눈으로만 읽을 수 있는

사랑의 발원

술 거나해, 여자가 더
빗살현호색으로 보이는 색등^{色燈}
호프집 화장실 문 앞

여자는 팔 벌려 누워있고
남자는 엎드려
수작을 피우려는 자세다

저 농염한 상형은
금단의 열매를 따 먹은 죄
아담과 이브의
알몸 체위인가

진하게 키스하는 모습
사람 인ㅅ자처럼 수밀도
달콤한
비밀의 사원

포개면
사과 한 알의 원죄, 인류의 기원*

여자가 엎드리면 남자가 되고
남자가 누우면 여자가 되는
역설의 평등

화장실, 한쪽 문엔 M
또 한쪽 문엔 W

* 구스타브 쿠르베의 <세상의 기원> 변용

詩, 개화

지금 막, 엄마의 자궁에서
한 생명이 삐져나오는 순간을
꽃이 피는 순간이라 할까요
힘차게 울어 재끼는 핏덩이를
꽃이라 할까요
옹알이하는 아기의 입을,
말문 터지기 전 아기의 입술을
꽃망울이라 한다면, 맨 처음
엄마! 하고 벙그는 아기의 첫 소절을
꽃이 피는 순간이라 할까요
꽃이 피는 순간은 칼끝으로
생살을 긋는 것
입술을 찢어 밀랍 속의 시간을
침묵 속의 언어를
뱉어내는 것
각혈을 하듯 뱉어내는 것
꽃샘바람 칼끝이 꽃입술을 긋자

침묵과 절규, 고통과 환희 사이
부르르 떠는 꽃잎

직소퍼즐

내 손가락은 열 개
방점을 찍을 손가락이 하나 모자라오

공동묘지에 가서 고장 난 다리를 바꾼다는 역설은 썩은
널빤지에 꽃이 피게도 하지 고흐를 생시로 복기하는 중이에요
스물세 조각 두개골과 예순네 조각 팔다리, 척추, 갈비뼈, 목울
대, 빗장뼈…… 이백여섯 조각 뼈들을 고추를 말리듯 좌악
마당에 펼쳐요 오목한 곳에 도드라진 것을 삽입하는 교합방정
식이 좋을라나 뱀처럼 총명한 눈으로 먼저 버릴 것과 재활용할
것을 선별해요 이런, 오천만 년 전 신생대의 퍼즐이 섞였나
화석이 된 손은 버려야지 그림을 그릴 수 없거든 키보다 웃자란
다리는 잘라야겠군 누가 봐도 허풍선이 같잖아 뇌를 붙이는
건 정교한 일 뇌에는 天上과 소통하는 모스부호가 입력되어
있지 음어 판독을 하고 주파수를 맞출 수 있다면 천상의 예술들
을 모두 훔쳐올 수 있기 때문이지 예술가는 죽어도 작품은
데리고 간다잖아 정말 고민되는 게 귀인데

귀 없는 당신, 내가 만약 귀를 달아 준다면

당신은 나에게 무얼 그려주겠소?

비밀의 방

아내 몰래 방 하나 감춰둬야 할까 봐요
개심사 목백일홍 끌어안고 사진 한 컷 찍은
연분홍 꽃향기 살짝 풍긴 사연이 불꽃 지폈나
내 핸드폰 열어본 그녀 철썩!
내 뺨을 후려치듯 핸드폰 폴더를 닫는다
그녀는 나에게 개심改心하라 하고
나는 개심開心했으니 고쳐야 할 마음 없다 하였으나
물증이 진술보다 명백하다 보여 줄 것 더 없다
철조망을 치고 공포탄을 쏘아대는 그녀, 이렇듯
고치라는 것과 엑스레이 필름 훤히 걸어 두어
허파에 바람 든 데 덧난 데 헤진 데
몇 번은 당신이 호호 불며 상처 꿰매준 데
보일 것 다 보였다는 기타 줄 팽팽한 긴장이
재즈를 뜯다 급기야, 꽈당 쾅 깨진
결혼사진 액자 속 이십 년 동안 웃는 두 사람
저 미소 거둘까 말까 지울까, 순간
안방 문 삐쭉이 열고 쳐다보는

102

머루 알이 둘, 토끼 눈이 둘

핸드폰에 비밀번호를 채워
방 하나 감춰둬야 할까 봐요, 아내 몰래

봄 무

아내가 자궁에 불을 지피러 갔다
불을 지피고 나면
몸속 가득 찬 바람기가 며칠 잠잠해진다 했다
아내의 바람기는 아이 둘을 낳고 시작되었다
비가 오려나 오늘은, 골반에서 일던 바람이
혈관을 타고 윙윙 허리로, 손끝 발끝
뼈 마디마디로 옮겨 붙는다 하였다

(아내 나이 때의 어머니도 바람기가 심했다)

동네 아줌마들과 노닥거리며 불잉걸
숯불 가마 앞에 앉아, 가랑이를 좌악 벌리고 앉아
골다공 숭숭 바람구멍에 풀무질을 하였더니
천 근 몸에 깃털이 돋아요, 선녀의
날개옷은 필요 없어요, 한쪽 눈 찡긋
신호등을 깜박이는 그녀
온몸의 자양분 다 끌어모아 새싹

밀어 올린 바람 든 봄 무

입춘단장

　이십 년 넘게 신었다 이제 윤기 나던 코 자취 없다 볼엔
주름살이 패이고 굽엔 각질도 생겼다 술 취할 때도 잠잘 때도
신고 잤으니 참 질긴 인연이다 처음엔 내가 주인인 줄 알았는데
지금은 제가 나를 골라 신은 주인이라고 막무가내다 행여
밤길 오가다 잠시 구둣가게에 눈길이라도 줄라치면 딴전 피우
면 제가 나를 버리겠노라고 윽박지르곤 한다 며칠 전 겨울
열대야엔 헐거워진 구두끈 조여 발목 꽉 움켜쥐더니 찬찬히
핥고 쓰다듬으며 마침맞게 길들어 맛있는 발이라고 칭찬하기
도 하였다 발품 맞지 않아 찌그럭거리며 가파른 길 왔다 옹이
박힌 날 참 많았다 때로는 신을 덧게비도 하고 때로는 발을
깎아내기도 하며 돌무지 된비알도 함께 가자는 한 백 년 신어도
안 벗어질 구두 오늘은 주름진 볼에 톡톡 광택제를 찍어 발라
이모저모 거울 뜯어보며 화장을 하는, 낡은 시간의 그림자를
지우는 눈물겨운

달팽이의 길

갈수록 고빗사이여
앞으로 한 족장 내딛으면
뒤로 두 박자 미끄러지는
모래 언덕을
달팽이가 기어간다, 길 간다
앞으로 남고 뒤로 밑지는 보따리장수처럼
빈 관棺 등에 메고
한평생 기어가는 길
가다, 쓰러지고 구르며 가다
잠시 관 누여놓고
생의 짐 내려놓고
세상사 휘이 둘러보면
아등바등의 길
굽이굽이 사라지는 소실점
아득히 먼

일 미터 전방

육교 위에서

이 비 맞고 나면 병이라도 나래지
나비바람* 때도 옹골차던 이파리 훑치는 가을비
앓은 뒤 아이는 사닥다리 한 칸쯤 하늘로 올라가겠지
늙은이는 땅 밑 전설 속으로 한 뼘쯤 잦아들겠지
우산도 없는 공중에서 땅을 밟지 못하는
중년 사내가 나를 찾아 가고 있는 이 길은
몸보다 먼저 떠난 마지막 열차
마음은 벌써 서해 앞 바다를 품어 안고 있건만
피조개 살빛처럼 붉디붉은 석쇠 위에
썰물만 하염없이 굽고 있구나, 가리비가 지글지글
제 몸속에 농축한 바다를 토해내듯
웃자란 기억 속 해금 안 된 문장들이 들끓고 있구나
네온사인 불빛은 하나 둘 심지가 잦아들고
첫 열차가 돌아오고 또 돌아오는데도
밀물은 개찰구에 막힌 듯 돌아오지 않는 아침

나, 그 비 맞고 나서 열꽃이 무성하다

* 2005년의 태풍 이름

월출산에서

그렇지만 삶은
고통을 담금질하여 더욱 오롯해지는가
바람폭포 지나, 구름다리 건너 층층
수천 돌계단과 공중사다리
숨 헉헉 차올라온 여기 통천문*
하늘 가는 문이라면, 생각건대
운무에 눈썹 다 스미도록 바위에 걸터앉아
생각건대, 그렇다면 나 지금
미리 와서 본 사후세계 어디쯤
천당과 지옥문에 한 발씩 척 올려보다가
누구의 몸 껴입고 사는가 육신과 영혼 사이
빛과 어둠 살펴보다가
꼬집어도 살펴도 보이는 건 허虛, 껍데기뿐이어서
느닷없는 천둥소리 참 고마워라
되돌아본 뒤안길 사뭇 먼 길 왔구나
우리 사는 하루하루가
통천문 오르는 칸 칸 돌계단이라면, 나를

얼마나 더 태질하여야 삼백예순다섯
날을 채울까 산정에 오를까

천왕봉 가는 길은 이제부터 가파르다

외연도

내 안의 자유인이 먼 곳
닭 울음소리처럼 그리운 날엔
그곳에 가자

나에게 갇힌
나를 버리고 나를 찾아서

사람과 사람 사이 비무장지대를
섬이라 하자

연무를 벗고 고요를 드러내는
신비의 속살

나무도 시간의 주름살이 앉으면
신전이 드는가

무녀의 치맛바람처럼 스산한

원시의 숲엔 내 전생의 후투티
후생의 동백수목장

그곳
뱀이 사는 곳이면 사람 들기 좋은 곳
내 눈을 심어두고 떠나온 섬

길을 찾다

가까운 것들이 가뭇없다
시집을 읽는데 부옇게 낀 안개가
행간을 덮는다, 눈을 비벼
장막을 걷어내도 좀체 돌아오지 않는 길
잔뜩 미간 찌푸려 실눈을 뜨자 잠깐
피었다 사라지는 길
눈감고도 다니던 길이 지워져 버렸다

눈길 가는 곳이 마음 닿는 곳이라면
이제 길은 안경점에 있다
안경점에서 길을 묻는다
가까운 곳은 어디에 있나요?
그렇군요, 돋보기 속에서 찾아보세요

순간 안갯속 길이 피어난다 사라진 길이 돋는다
모든 가까운 것들은 멀어져 가는데
아직 먼 곳이 잘 보인다면 이제

나와 주변만 살피지 말고
먼 별들의 슬픈 사연도 눈여겨보라는,

가까운 곳보다 먼 곳이 가깝다

국경 밖 딸에게

　한때 휘몰이 태풍으로 가족과 찢어져 산 적 있네 아내와
어린 것들은 천 리 남쪽 타관에 살고 나는 고속버스를 타고
가서 격주로 상면했네 내 군대시절 이발병을 했던 어쭙잖은
실력으로 초등학교 삼 학년 딸아이의 머리를 잘라주었네 인형
을 좋아하는 아이는 바비를 닮고 싶고 나는 공주처럼 미미처럼
잘라만 주고 싶은 것인데 자르고 자르다 보니 그만 선머슴이
되었네 내 가위 잡은 손이 바르르 떨고 아이는 초사흘 달무리처
럼 파르스름 어둡기만 하네 아내와 어린 것들 잘 가라 흔드는
손 눈에 밟으며 나는 심야버스를 타고 서울로 돌아왔던 것인데
딸애가 두 손으로 머리를 쥐어뜯으며 거울에 머리를 비춰보며
대성통곡을 하더라는 것이네 아빠가 떠나기 전까지는 참고
또 참았다며…… 딸아, 지금은 네가 또 국경 밖에 있고 이제
성긴 백발 아비는 흐린 눈 무연히 서녘하늘을 우러르고 있다

만추

푸른 설법 다 마친 큰스님
열반에 드셨나

고추잠자리가
성냥 화악 그어
제 몸 불사르자

온 산이 통째 다비식이다

시의 감옥에서 흘러나오는 홀리데이

신 현 락(시인)

조삼현 시인이 첫 시집을 낸다고 연락해 올 무렵 도하의 일간지에는 신춘문예 응모에 관한 공고가 실렸다. 바야흐로 예비 시인들에게 열병의 시절이 도래한 것이다. 들리는 말로는 해마다 신춘문예 응모자가 늘어나는 추세라고 한다. 시의 쇠퇴를 예상한 사람들을 비웃기라도 하는 듯한 이러한 현상이 그러나 시를 쓰는 사람의 입장에서 마냥 반가운 소식은 아니다. 책을 읽지 않는 시대에 시를 쓰는 사람이 늘어나는 것을 정상으로 볼 수는 없는 것이다. 신춘문예의 매력은 화려한 등단에 있다. 한 시인의 탄생을 새해 벽두의 신문에 이렇듯 크게 부각시켜주는 나라는 우리나라밖에 없을 것이다. 그러나 시인의 탄생은 몇 편의 잘 쓴 작품으로 이루어지는 게 아니다. 적어도 한 권의 시집 정도의 분량을 독자들에게 선보이고 평가를 받는 단계를 거쳐야 한다고 나는 생각한다. 그런 점에서 첫 시집의 출간이야말로 세상에 새로운 시인의 탄생을 알리는 일이 아닐 수 없다.

시집으로 묶인 조삼현의 시를 전체적인 흐름을 고려하여 다른 작품과의 상관관계를 살피면서 읽어보니 산발적으로 흩어져 있던 작품을 대할 때와는 사뭇 다른 느낌이 든다. 첫머리에 적힌 「시인의 말」을 읽는다.

청미래 덩굴 아래 / 자벌레 한 마리 / α와 Ω를 / 폈다 접었다 / 온몸 반성문을 퇴고하며 / 기어가고 있다

한 문장으로 이루어진 시인의 말은 간결하지만 의미심장하다. 그중에 'α와 Ω', '반성문'이 내 눈길을 오래 사로잡는데 비단 조삼현 시의 형식과 내용을 거기에서 짐작할 수 있었던 까닭만은 아니다. 처음과 끝이라는 의미와 자벌레의 기어가는 모습이 결합되면서 한 권의 시집을 완성하기까지 퇴고를 거듭하는 시인의 자세가 연상되어 사뭇 숙연해졌기 때문이다.

'시인의 말'에 의하면 이 시집은 그의 반성문이다. 누구나 알고 있듯이 반성문은 잘못한 내용이 주를 이루며 그것에 대한 반성과 다짐으로 끝을 맺는 형식을 가진다. 반성문은

현실적인 언어이며 주체의 경험이 우선시 되는 언어이다. 그런데 우리가 여기에서 생각할 점은 반성문의 형식은 대부분 내용으로 환원된다는 데 있다. 내용이 형식을 지배하는 게 반성문의 특징이라는 것은 자칫 상투성의 시비에서 자유롭지 않을 수 있다는 말과 같다(모든 반성문은 한 사람이 쓴 것과 같은 자동화된 진술이 반복된다는 점을 상기해 보라). 상투성이 제거된 반성의 언어는 구체적인 현실에 대한 경험의 언어라는 점에서 시적 언어와 상통한다. 반성의 언어처럼 시적 언어는 부정하면서 긍정하고, 반성하면서 희망을 이야기하며 끝을 맺으면서도 새로운 시작을 다짐하는 언어이다. 시인의 말은 이 상투성을 극복하려는 노력, 즉 언어의 미적 탐구 및 시의 구조적 측면의 고려, 그리고 시대에 따른 시의 경향의 변화에 대해 소홀히 하지 않았다는 점을 에둘러 말하고 있는 것으로 보인다.

첫 시집을 통해 조삼현의 시세계를 규정하는 일은 쉽지 않을 것이다. 첫 시집은 습작시절을 포함하여 등단 무렵의 시와 등단 이후의 시를 시기별 혹은 주제별로 분류하여 묶는 경우가 대부분이기 때문이다. 총 4부로 이루어진 이 시집도 이러한 범례에서 크게 벗어나지 않는다. 성장의 서사와 아픈 가족사의 편린이 나타나고 낭만적인 시와 현실주의적인 측면

이 두드러진 시가 그 앞과 뒤에 위치하며 선사나 할 법한 어조로 이루어진 경구를 넘기면 날카로운 풍자와 익살스런 해학이 뒤이어 나오고 사회적 존재로서의 지위를 잃어버린 죄수의 뼈저린 육성도 등장한다. 여기에서 '어느 것이 조삼현 시인가?'라는 물음은 우문에 불과하다. 따라서 이 글은 조삼현 시를 읽어가면서 위에 열거한 항목들의 가능성을 따라가면서 확인하는 일이 될 것이다.

조삼현 시인 자신이 시의 지향성을 제시하고 있는 듯한 다음의 시를 보자.

> 그늘은 태양의 벌레 먹은 자국이다 / 빛의 무덤이다 // 사람만
> 이 촛불을 켠다. 그럴까? // 보라, 보라! / 보랏빛 맥문동꽃
> / 가느다란 대궁에 오순도순 / 성냥알처럼 핀 // 그늘꽃 // 빛의
> 이면엔 그늘이 있다는 듯 / 배후가 환해야 세상이 따뜻하다는
> 듯.
>
> ──「맥문동」, 전문

시집의 서시에 해당하는 「맥문동」은 처음 발표될 당시에는 「맥문동, 사회학」이었다. 그런데 이번 시집에 실리면서 '사회학'이 빠졌다. 왜 그랬을까? 시인은 「맥문동」의 '그늘꽃'을 사회적으로 소외된 존재의 알레고리로 해석이 한정되는 것이

싫었을지도 모르겠다. 2연을 보면 그 까닭이 어느 정도 짐작된다. "사람만이 촛불을 켠다. 그럴까?"라는 물음에 대한 대답은 물론 '아니다'이다. 사람뿐만 아니라 맥문동같이 보잘것없는 사물들도 환하고 따뜻한 세상을 만들기 위해 '배후에' 존재한다는 것이 이 시의 전언임을 어렵지 않게 짐작할 수 있다. 그러니까 이 시는 사물의 이면이나 사회의 단면을 말하기보다는 더 넓은 세상 혹은 보편적 삶의 이면을 지적한 것이라고 볼 수 있다. 이렇게 볼 때 맥문동의 내포적 의미는 사회적인 틀을 넘어 삶과 세계의 구성 원리를 상징하는 의미로 확대된다. 시인이 이 시집에서 의도했던 부분이 아마 이러한 것이 아닐까 한다. 마치 소월이 자신의 시가 민요시로 평가받는 것을 싫어하였듯이 조삼현 시인은 아마도 자신의 시가 단순히 현실주의의 시편으로 분류되기를 원치 않았는지도 모른다.

　조삼현 시에서 삶의 보편적 원리에 대한 탐구는 시대의 변화와 현실의 궁핍성을 적극 수용하면서 전개되는 양상을 보인다. 그러나 그의 시선은 인간과 사회적 현실의 어느 한쪽만을 응시하지 않는다. 어느 경우든 균형을 잃는 일이 없다는 점에서 그는 겹눈을 가진 시인이다. 시에서도 현실의 문제, 특히 자본주의 체제에서 소외된 사회적 약자를 적극 도입하는 데 단지 부정적 대상으로만 현실을 다루지 않는다. 「다가구주택」에서는 자본주의의 그늘진 면을 부각하기 위해 실제 있었던

젊은 예술가의 죽음을 다루면서도 이웃의 온정을 넌지시 언급
하고, 「안녕하세요 줌마」는 어려운 여건 속에서도 성실하게
일하는 우유배달원의 강인한 생활력을 그리고, 「돼지꿈」에서
는 금전만능주의에 찌든 인간을 조롱하면서도 익살스런 어조
를 잃지 않는다. 조삼현 시인은 사회적 모순과 현실의 부정성에
대한 관심을 노정하면서도 동시에 그러한 냉혹한 현실, '최저생
계의 막장' 속에서도 '봄을 틔우려'(「민들레」)는 사람들을 향한
기대와 희망의 끈을 놓지 않는다. 이러한 현실인식의 균형감각
은 돈을 제재로 자본주의를 우회적으로 비판하는 작품 「괴물」
에서 두드러지게 드러난다.

1

괴물이 출몰했다 (중략) 많은 사람들 스스로 놈의 뱃속에
들어갔다 토사물에 섞여 나온다 목 잘린 닭, 발 없는 오리,
냉장고, 텔레비전, 가스레인지와 함께 섞여 나오기도 한다 오늘
은 새 옷을 바꿔 입은 아내가 토사물 속에서 활짝 웃고 있다

2

(전략) 이 도시의 백혈구와 적혈구들; 풍년쌀집, 삼천리연탄,
행복이발소, 근대화철물, 미도양품, 서해건어물, 할매순댓국,
허바허바사장, 종점미장원, 시대양복점, 상아탑문구, 다복다방,

자매수선집, 식칼 갈아요 곤로 고쳐요 울어라열풍 만물수레
상…… 돌고 도는 돈의 정처 없는 착지, 먹이사슬의 상생
—「괴물」, 부분

　재물욕은 인간의 욕망 중에 으뜸을 차지한다. 자본주의의
가장 큰 특징인 사유재산의 인정은 이러한 사람들의 욕망을
극대화하고 충족시키는 제도로서 많은 장점을 가지고 있는
게 사실이다. 사람들은 더 많은 재산을 가지려고 열심히 일하고,
자본가들은 자본과 그들의 노동력을 이용하여 이윤을 창출하
려 애쓴다. 이를 위해 도입한 자유경쟁 체제는 사회를 활기차게
만들기도 하지만 자본의 독점과 경쟁에서 밀려난 사회적 약자
의 출현이라는 폐해를 양산하기도 한다. 이른바 '부익부빈익빈'
으로 불리는 자본주의의 부정적 속성은 어느 나라에서나 공통
적으로 나타나는 현상이다. 돈의 가치가 모든 인간의 가치를
넘어설 때 인간은 자본의 노예가 되고, 자유경쟁 체제에서
밀려나고 소외된 존재들은 희생양이 될 수밖에 없는 치명적인
단점 또한 자본주의는 가지고 있는 것이다. 소득의 재분배가
이루어지지 않을 때 자본주의는 '괴물'이 된다. 소득과 분배가
공평하게 이루어지는 자본주의 사회는 2의 장터처럼 시장경제
가 살아 숨쉬고, 사람과 돈의 관계는 비록 먹고 먹히는 '먹이사
슬'의 관계일지언정 '상생'을 이룬다. 자본주의와 마찬가지로

그 속에서 살아가는 인간의 모습 또한 양면성을 가지고 있다. 1이 괴물과 같은 자본주의의 부정적 속성에 스스로 함몰되어가는 인간의 속물적 모습이라면 2는 자본주의의 긍정적 속성을 제시하면서 이와 상생하는 인간의 활기찬 모습을 그린다. 이러한 대비를 통해 시인이 손을 들어주고자 하는 것은 돈의 가치와 인간의 가치가 균형을 잃지 않는 자본주의의 모습이겠다. 그렇지만 이 시는 소리 높여 물신화의 유혹에 스스로 타락해가는 인간이나 자본주의의 폐해를 비난하는 대신 자본주의의 양면을 보여주는 것으로 독자들에게 판단을 양보하고 있다.

또한 조삼현의 시는 기존의 미학에서 부족한 현실적인 문제를 적극 도입하면서도 전통적 서정시의 미학을 외면하지 않는다. 가령

푸른 설법 다 마친 큰스님 / 열반에 드셨나 // 고추잠자리가 / 성냥 화악 그어 / 제 몸 불사르자 // 온 산이 통째 다비식이다

—「만추」, 전문

붉게 물들어가는 산을 큰스님의 다비식으로 비유한 위와 같은 시는 전통적 미학에 근접해 있다. 선시나 한시의 절구와 같은 짧은 길이와 선명한 이미지, 무엇보다 자연과 인간을 동일하게 보는 일원론적 세계관을 사상적 배경으로 하였다는

점이 그렇다.

　이외에도 이 시집에서 좋은 시로 평가 받을 수 있는 「소리의 방」이나 「구멍들」과 같은 작품들은 은폐된 사물의 속성을 개진하고 몸에 관한 새로운 인식을 선보이는 작품들이다. 독자들은 이러한 작품에 호감을 가질지도 모른다. 그러나 조삼현 시의 주요한 동력원은 아무래도 이보다는 다른 데에 있다는 것이 나의 판단이다.

　나는 첫 시집을 읽을 때 그를 시인이 되게 만드는 조건이나 경험의 원형을 주의 깊게 살펴보는 습관이 있다. 그것을 쓰지 않으면 못 배기게 만드는 요소는 무엇일까. 그는 왜 외롭고 고단한 시인의 길을 가고 있는가. 도대체 어떤 잘못을 하였기에 평생토록 온몸으로 반성문을 쓰고 있을까. 이러한 점을 염두에 두면서 나는 감옥과 어머니에 관한 시편을 주목해서 읽었다.

　조삼현의 시에서 감옥에 관한 시는 현장성을 가지며 심금을 울리는 힘을 가지고 있는데 그것은 반평생을 그곳에서 근무한 교도관으로서 죄수들과 함께 호흡하고 경험하면서 그동안 "목젖으로 꼭꼭"(「죄와 벌 2」) 눌러왔던 말들을 간신히 뱉어내는 신음과 같은 것이기 때문이다. 조삼현 시는 감옥이라는 공간의 사회학적 의미 혹은 범죄사회학적 탐구보다는 죄수에 대한 인간적인 이해와 연민 그리고 동일성을 심화하고 확대하는 데 집중하는 특징을 보인다.

　종신수의 탄원서와 부녀의 면회 장면을 소재로 한 다음의
시들에서 시인의 이러한 태도를 엿볼 수 있다.

　　일생 내 이름 목 놓아 부르다 야위어가는 / 한 여인이 있습니다
　/ 이제 샐비어꽃빛 입술에 어둠 나앉고 / 깊게 잠긴 볼엔 검버섯이
　묵화처럼 피었습니다 / 내 손을 놓고선 죽어도 못 죽을, 훌훌
　/ 떠나지 못할 당신은 수평선 너머 / 천 리 남쪽 외딴섬에 계십니다
　/ 내가 생의 불씨마저 놓아버린 뒤 벼랑 끝 / 짐승 되어 울부짖던
　그때부터였던가요 / 당신의 겨울은 구들에 불을 지피지 않습니
　다 / 뼛속 파고드는 냉기를 여태 / 당신의 체온으로 데운다지요
　// 여기 문이 있습니다 / 부디 바라옵고 원하는 것은, / 이 문
　두드리는 것은, / 나를 神으로 섬긴 당신을, 내가 당신을 //
　단 하루라도 신으로 섬기려는 / 종신수終身囚입니다

　　　　　　　　　　　　　　　　　—「죄와 벌: K 씨의 탄원서」, 부분

　인간으로 감내하기 가장 어려운 이름 중의 하나가 종신수이
다. 사회와 영원히 격리되어 평생 감옥에서 살다가 죽어야
하는 무기수의 다른 이름인 종신수. 극악한 범죄를 저지른
자가 아니면 웬만해서는 그런 판결을 받지 않으므로 그는
아마도 매우 악질적인 범죄를 저지른 사람일 게다. 이 시는

종신수의 범죄 행위와 그 원인에 대해서는 일절 언급하지 않는다. 다만 종신수의 간절한 소원 '일생 내 이름 목 놓아 부르다 야위어 가는' 여인을 '단 하루라도 신으로 섬기'고 싶은 소망을 전면에 드러낼 뿐이다. '볼에 검버섯이 묵화처럼 피'고, 감방에 있는 화자를 위해 겨울에도 불을 지피지 않고 자신의 '체온'으로 견디는 그녀는 어머니가 분명하겠다. 사회에서 버림받은 종신수라고 할지라도 시인은 그를 범죄자가 아닌 단지 어머니를 그리워하는 나약한 인간으로 본다. 단 하루만이라도 어머니를 모시고 싶은 종신수의 처절한 소망을 외면하는 것은 굳게 닫힌 감옥의 문뿐이다. 인간이라면 차마 그럴 수 없을 것이다. 어머니에 대한 그리움은 영원히 변하지 않을 삶의 정서적 원형인 까닭이다.

조삼현의 감옥 시편에서 죄수와 적극적으로 소통하는 장면은 두드러지지 않는다. 그는 관찰하고 기록하는 데 집중하는데 그것은 그의 직무 특성상 어쩔 수 없는 듯이 보인다. 하지만 가끔 죄수에 대한 감정이입이나 동정심을 표현하는데 그런 경우에도 시인은 극도로 절제와 균형을 잃지 않는다.

소녀는 설핏 미소 지으며 인사를 하였다 / 하얀 치아에서 내림단조 하모니카 소리가 날 것만 같다 / 금요일 시험 마치고, 폐광촌 예밀에서 / 버스 세 번 갈아타고 왔다는 소녀는 / 오

년 만에 아비의 얼굴을 본다고 하였다 / 쇠창살 사이로 만들어
보인 두 손 모음 작은 하트 / 아비도 따라서 시늉을 한다 //
고비, 두릅, 곰취, 누룩치, 산도라지 바꿔 영치금을 넣어주던
/ 곱사등이할매는 마침내 / 산그늘 묏등 한 채 얻어 등을 폈다,
하였다 // 어미 닭이 날개 속에 병아리를 품는 것 같은 서로의
눈빛 한참 / 흐르고 // 가슴속에 눌러둔 말 / 목젖으로 꼭꼭
누르는 말 / 니 엄마는? // …… / …… // 적막만큼 서러운
것 있을까 / 안간힘으로 견디는 비명은 소리가 나지 않을까
/ 긴 시간 말없이 유리창에 맞댄 손 떼지 못한 부녀는

—「죄와 벌 2」, 전문

이 기막힌 면회 장면을 보고 누군들 눈물을 훔치지 않겠는가.
그러나 시인은 감정을 최대한 자제하며 부녀간 면회 장면을
깔끔하게 그리고 있다. "하얀 치아에서 내림단조 하모니카
소리가 날 것만" 같은 청순한 소녀와 죄수인 아버지의 면회
장면이 한 컷의 흑백사진을 보는 듯한 느낌을 불러온다. 오
년 만에 보는 아버지 앞에서 하트 모양을 그려 보이는 소녀의
모습이 사랑스럽게 보일수록 이 시의 비극적 현장성이 강화된
다. 영어 생활을 하는 죄수에게 면회의 시간은 감옥 밖의 사람을
만나는 유일한 시간이며 사회적 지위와 개인적인 시간을 몰수
당한 채 살아가는 자신의 고유한 삶을 확인하는 자리일 것이다.

한 개인의 고유한 삶을 이루고 있는 것 중에서 가장 근본적인 요소는 가족일 터인데 이 시에 등장하는 "곱사등이 할매"인 어머니는 "산그늘 묏등 한 채 얻어" 저승으로 떠났고, 아내는 말줄임표로 처리되어 있듯이 차마 딸의 입으로는 말 못할 지경에 처해 있다. 어떤 죄를 지었는지 모르지만 죄수에게 어머니의 임종을 지키지 못하고 사랑하는 아내를 지켜주지 못하고 떠나보내는 일만큼 더한 형벌은 없을 것이다. 이 비극적인 정황에서 부녀가 할 수 있는 일이라곤 유리창을 사이에 두고 손을 맞대는 일뿐이다. 얼핏 김종삼의 「묵화」를 연상케 하는 이 장면에서 "적막만큼 서러운 것 있을까"라고 화자가 개입하는 것은 물 먹는 소의 잔등에 할머니의 손이 겹쳐지듯이 이 투명하고 기막힌 적막의 공간에 시인도 조심스럽게 동참한다는 뜻이다. 여기서 무슨 췌언이 더 필요하랴만 비록 유리창이라고 할지라도 시인이 이 시를 부녀간의 정이 단절되지 않고 소통하고 있는 것으로 종결을 지은 것은 그들이 '안간힘으로'나마 다시 살아가리라는 희망을 열어두고자 한 것이리라.

감옥의 공간에서는 자연조차도 죄수들에게 평등하지 않아서 창을 통해 잠깐 들어오는 "여우볕"(「죄와 벌 3」)만이 그들의 것일 만큼 수형 생활은 참혹하다. 불안과 죄의식에 시달리는 것도 모자라 항상 누군가의 감시를 받는다는 것은 인간으로서 최소한의 존엄성을 유지하기도 힘들 것이다. 이러한 극단적인 현실의 고통 앞에서 인간이 취할 수 있는 행위는 제한되어 있다. 기껏해야 "시간의 흔적을 굳게 / 걸어버린"(「죄와 벌」) 한정된 시간과 공간에서 현실을 받아들여 순응한다든지 아니면 '탄원서'를 제출하는 소극적 대응을 하거나 감방에 틀어박혀 "돌연변이를 꿈꾸"(「죄와 벌 3」)는 제한된 행동만이 그들에게 주어진 행동의 전부일 것이다. 그러나 그들은 감옥에 있어도 오욕칠정이 살아 꿈틀대는 인간이다. 인간적인 욕망을 해소하고 자유를 찾기 위해 구체적으로 행동으로 옮기는 죄수도 있을 수 있겠다. 하지만 꿈꾸는 일마저도 "네 잎 클로버"(「죄와 벌 3」)와 같은 행운이 주어질 때 가능한 공간에서 그러한 행동을 현실로 옮기기란 거의 불가능하며 혹시 가능하다고 해도 돌아오는 건 비극적 결말뿐이다.

사회의 법과 질서를 유지하기 위해 범죄자를 사회와 격리시키는 감옥이 필요하다는 사실을 부정할 사람은 없다. 죄수를 관리하고 감시할 효율적인 체제로써 현재까지 감옥보다 유용한 공간은 없기 때문이다(물론 전자 발찌와 같은 현대의 첨단 장비를 동원하여 감시하는 체제가 있긴 하지만 아직은 특수한 범죄자에 해당된다). 감옥에 갇힌 죄수는 일반인이 보기에는 모두 비정상인적인 존재일 것이다. 그 말은 곧 그들이 인간으로서 갖추어야 할 근원적인 조건이 결핍된 존재라는 말과 같다. 따라서 그러한 죄수들을 관리하고 감독하는 교도관으로 오래

근무한 사람들은 어떤 심리학자나 철학자보다 더욱 인간과 세상사에 정통하기 마련이다. 파란만장한 생애를 지닌 죄수를 많이 대할 수밖에 없는 직업특성상 교도관들의 가슴에는 아마 몇 십 권 분량의 장편소설이나 서사시가 들어 있을 것이다. 그렇다면 교도관으로서 조삼현 시인이 감옥시편을 통해 드러내고자 하는 것은 무엇일까. 조삼현의 감옥시편은 생생한 현장성을 통해 결핍된 존재로서의 인간성을 드러내고 그들이야말로 인간적인 사랑이나 관계를 가장 그리워하고 필요로 하는 가장 인간적인 존재라는 점을 강조하는 것으로 보인다.

그의 시에서 감옥에 대한 탐구는 인간다운 삶과 인간을 인간답게 살지 못하게 사는 현실의 모순에 대한 탐구로 발전해 나간다. 그것이 단순히 죄수에 대한 동정이나 동일시의 형태를 넘어 실존적 존재로서 인간의 내면에 대한 탐구의 형태로 나타나는 다음의 시는 이런 측면에서 주목을 요한다.

탕! 단 한 발의 총소리가 멎고…… 내 몸속에 죄수의 피가 흘러요 / 그를 관통한 총알이 나를 뚫었거든요 / 나는 교도관이고 수십 년 동안 / 그의 부록을 독해하는 중이에요 / 그는 민가에 잠입한 탈옥수 / 세상을 인질 잡고 흔들어댔죠 / 원하는 게 뭔가요? 경찰관이 물었을 때 / 유전무죄 무전유죄 외쳤고 / 팝송 홀리데이가 듣고 싶다 했고 / 제 머리통에 권총을 쏘았지요

/ 흉악범과 홀리데이 어떤 상관관계가 있을까요

—「죄와 벌 4」, 부분

"유전무죄 무전유죄"는 우리 사회의 구조적 모순을 극명하
게 드러내는 말이다. 그 말을 미시적으로 볼 때 사법제도에
대한 불만을 토로한 말로 들릴 수도 있지만 거시적으로 보면
그 말 속에는 물질이 정신세계마저 지배해가는 현실의 모순에
대한 통렬한 비판의식을 내포하고 있음을 알 수 있다. 여기에서
시인은 자살 직전에 비지스의 노래 <홀리데이>를 듣고 싶어
했던 범죄자의 심리에 대해 주목한다.

"유전무죄 무전유죄"를 외치고 "팝송 홀리데이를 듣고"
싶어 했던 탈옥수의 운명은 곧 교도관 시인으로서 시의 운명과
도 같다. "내 몸속에도 죄수의 피가" 흐르고 "그를 관통한
총알이 나를 뚫었"다는 표현이 이를 뒷받침한다. 그러나 이
시는 단순히 죄수에 대한 동정과 동일시에 그치지 않는다.
만약 이 시가 거기에서 그쳤다면 그의 감옥에 관한 시편은
매우 단순했을 것이다. 시인은 거기를 넘어선다. 여기서 주목해
야 할 것은 그러한 계기가 그의 죽음, 정확히 말하면 죽음
직전에 듣고 싶어 했던 노래로 촉발되었다는 점이다. 현실이
궁핍하고 고통스러울수록, 더욱이 죄를 지은 사람일수록 평화
롭고 성스러운 시간과 공간, 홀리데이의 신성성에 대한 향수가

더욱 큰 법이다. 홀리데이, 즉 휴일은 성스러운 날이며 인간적인 수고로움을 내려놓고 쉬는 날이다. 그날을 생각하면 "더러운 내 피에도 생기"가 도는 것은 신성한 시간의 회복을 통해 다시 고단한 현실에서 살아갈 힘을 가지게 되기 때문이다. "흉악범과 홀리데이의 상관관계", 시인에게 그가 남긴 부록은 신성한 시간을 통해 새롭게 태어나고자 하는 존재가 가지는 간절한 소망과 이를 가로막는 사회의 모순과 부조리, 현실적인 제약성의 상관관계를 담고 있는 경외전서이다.

흉악범과 홀리데이, 감옥과 세상 사이에서 시인은 끊임없이 서성인다. 그의 시 역시 그 두 영역 사이에 걸쳐 있다. 시인이 어느 한 쪽도 포기할 수 없는 이유는 그가 보기에 감옥과 세상의 경계가 모호하기 때문이다. 그것은 다음의 시에서

> 나는 지금 감옥 망루에 올라 / 안과 밖을 두루 살피는 밤이네 / 살피다 문득 안팎을 뒤집어보는 궁리를 하네 / 어디가 낙원이고 무저갱인지 / 아수라를 석방하고 피안을 가둬보기도 하며 / 혁명을 꿈꾸네
>
> ─「죄와 벌 5」, 부분

'감옥 망루'에 올라 '안과 밖'을 살펴보아도 '어디가 낙원이고 무저갱'인지 알 수 없다는 진술로 구체화하여 나타난다. 감옥은

세상의 다른 이름이며 세상의 실상이 감옥과 다르지 않은
것임을 시인은 명료하게 인식하는 것이다. 타락한 세상에서
죄수와 일반인의 차이를 구별하는 것은 의미가 없다. "감옥과
출옥"을 "뫼비우스의 띠"(「노역 5」)처럼 반복하는 존재는 죄
수만이 아니다. 오히려 정상적인 인간일수록 교묘하게 자신의
추악함을 감추고 죄의식이 마비된 채 살아가고 있는지도 모른
다. 이 점으로 미루어 볼 때 조삼현 시의 전반적인 경향이
인간다운 삶과 현실에 관한 탐구라는 폭넓은 영역으로 발전되
는 것은 자연스런 일이 아닐 수 없다.

조삼현 시에서 감옥이 수형자를 감금하는 특수한 공간을
넘어 세계내적 존재로서 인간 내면의 실존적 공간으로 확대되
는 데 무엇보다 중요한 매개 역할을 한 인물은 어머니이다.

> 바늘구멍으로 세상을 내다보아, 말씀 그 너머 말씀을 꿰어보
> 아 "애야, 넌 죄수의 이웃이니라" 못질을 하던, 마음의 눈으로는
> 찢긴 것과 상처 난 것들도 귀히 쓰임새가 보인다던 노파의
> 심미안을 이제야 내가 돋보기안경을 끼고 들여다보고 싶은
> 것이다
>
> ─「노역」, 부분

인간의 근원적인 조건이 결핍된 감옥을 인간성이 살아 있는 보편적인 공간으로 전환시키고, 죄수를 우리의 "이웃"으로 회복시키는 존재인 "노파"는 어머니에 다름 아니다. "심미안"을 지닌 어머니는 모든 것을 인내하며 상처까지도 포용하고 같이 아파하면서 치유하는 대지모신이다. 모든 죄가 용서되고 갈등이 풀리는 마음의 눈으로 보면 "찢긴 것"과 "상처 난 것"들도 다 "쓰임새"가 있다. 이 세상에 소용없는 존재는 아무것도 없는 것이다. 그 마음의 눈을 돋보기를 쓰게 될 즈음에 와서야 깨닫게 되는 시인에게 '노역'이란 "자기도 함께 갇힌 것과 같이 / 갇힌 자를 생각"(「노역 2」) 하는 일로 승화된다. 시인이 "누군지도 모르는 아무나 당신, 우리 / 연애 한 번 해보는 건 어때"(「동행」)라는 무차별적 연대의식을 노정하고 자신의 안에 있는 새와 "수인을 석방"(「노역 4」)하여 "새의 노래로 발화"(「죄와 벌 4」)할 수 있게 해주는 존재 역시 어머니이다.

내가 어머니를 죽게 했어요 / 욕조 찬물에 담가 물고문을 한 것이지요 / 남들은 저 양반 죽기 전에 이승의 때 / 다 벗었으니 좋은 데 가겠겠다 했지만 / 내 생각은 오직 그러지 말 걸 그랬어요 / 당신의 몸 깊숙이 밴 지린내며 / 치매의 흔적들 지우지 말 걸 그랬어요 / 낮달처럼 야윈 젖이며 앙상한 손마디 / 아, 이

137

눈부시게 슬픈 문이 나를 세상에 보냈구나 / 당신의 여미고
싶은 곳을, 이젠 / 부끄러움도 놓아버린 생의 헐거워진 근력을
/ 구석구석 고문했던 것이지요, 나는 / 어머니 좋아? 하고 /
게슴츠레 눈 풀린 당신은 처음, 마지막 / 生의 오르가슴인 양
흐뭇해했지만 / 우리 서로 믿지 말 걸 그랬어요 / 삼복더위를
믿지 말 걸 그랬어요 / 어머니 치가 떨리시나요 / 왜 이렇게
부들부들 떨고 계세요 / 고향 집 뒤란 플라스틱 욕조 노천탕에서
/ 어머니 시원해? 오냐 시원타 했지만 / 용서 참 쉽군요 / 내
죄를 덮으려 사흘을 더 사셨죠 / 낮달이 원하는 물의 체온을
그땐 몰랐어요

— 「낮달의 사인死因」, 전문

그가 「시인의 말」에서 밝힌 "온몸으로 퇴고"한 반성문의
원본을 본다. 몇 번을 읽어도 아프고 아름답다. 낮달은 시간적으
로 그믐으로 가는 시기에 뜨는 달이다. 야윈 "어머니의 젖"을
낮달에 비유한 건 이미지의 유사성에서 촉발된 것이지만 어머
니의 생이 끝나갈 무렵이라는 의미를 내포한다. 늙고 병들면서
죽어갈 수밖에 없는 게 시간적인 존재로서 인간의 운명이지만
시인은 어머니의 죽음을 자신의 죄라고 진술한다. 시의 문맥으
로 추론해보건대 아마 찬물로 목욕을 시켜드린 일로 인하여
어머니의 병세가 더 악화되어 죽음에 이른 것으로 보이기

때문이다. 어머니에게 잘못한 일이 어디 이것뿐이겠는가. 돌아가신 뒤 뒤돌아보면 전부 잘못한 일들만 떠올리며 슬퍼하는게 자식이 아니겠는가. 아무리 어머니 생전에 "낮달이 원하는 물의 체온"을 아는 자식이 세상에 없는 것이란 말로 위안을 삼는다 해도 밀려오는 통한의 후회와 자책은 어쩔 수 없는 것이다.

조삼현의 시에 나타난 어머니는 "뇌신"(「택배」)을 먹으면서도 자식들을 위해 고된 농사일을 하는 억척스런 어머니이고, "지린내며 치매의 흔적을" 고스란히 간직한 채 비루한 삶을 온몸으로 살다 병들어 죽은 어머니이다. 죽을 때에도 자신보다는 자식의 "죄를 덮으려 사흘을 더 살다" 갈 정도로 죽음까지도 자신의 몫이 아닌 이타적인 어머니이다. 조삼현의 시에서 어머니는 세상의 고통스런 삶을 수락하며 살아가는 현실적인 삶의 원형적 상징이다. 그 고통스런 삶을 온전히 자신의 몫으로 받아들이고 자식을 위해 살았던 현실에서의 어머니는 감옥과 같은 세상을 사는 시인에게 "별"(「맑은생태탕」)로 승화된다. 그러나 그 별은 하늘이 아니라 시인 앞에 놓여진 한 그릇의 탕국에서 뜨는 별이다. 지상에서 뜨는 별, 감옥에서 뜨는 세상의 별이 조삼현 시의 어머니이다.

시집에 실린 어머니에 관한 시편은 쉬우면서도 간결하게 절제된 언어로 읽는 이의 누선을 자극한다. 어머니에 관한 시편을 읽으면서 나는 조삼현 시의 정서적 원형은 어머니가 계신 "남도의 끝자락 붉은 황토밭"(「매미」) 어디쯤에서 비롯된 것이 아닐까 하는 생각을 해보았다.

> 하늘과 땅이 맞닿은 곳을 인심과
> 천심이 내통하는 정령精靈의 영토라 하자
> 광야에 청노루 떼 어슬렁거리는 게으른 평화,
> 먹을 것과 입을 것과 누울 곳만으로도 족한
> 가난한 풍요가 있었는지 모르지만
> 써레질이 끝난 후 앙금 가라앉을 때를 혁명 내일의
> 완성이라 하자, 과거가 먼저 도착한 미래라 하자
>
> ―「지평선」, 부분

시인이 "하늘과 땅이 맞닿은" "정령의 영토"로 명명하는 곳은 아마도 어머니가 계신 고향 어디쯤일 게다. 그는 그곳을 늘 그리워한다. 생명이 탄생하고 피조물들이 조화를 이루며 살아가는 시원의 삶에 대한 향수는 현실의 삶이 메말라갈수록 더욱 간절해지는 것이 아니겠는가. 그의 그리움과 통렬한 참회와 시적 상상력이 온몸으로 가 닿으려는 홀리데이는 다름 아닌 "과거가 먼저 도착한 미래"의 그곳이며 "당신을 신으로 섬기려는"(「죄와 벌」) 단 하루의 시간이면서 "시간의 끝자락이

늘 처음"(「노역 3」)으로 되돌아가는 날이겠다.

조삼현의 시에 나타난 인물들이 현실의 모순에 절망하면서
도 보다 나은 삶과 미래에 대한 희망을 놓지 않는 까닭이
여기에 있다. 그것이 가능한 것은 언제나 "높고 낮은 음색들이
함께 어우러져 아름다운 노래가"(「음계의 나라」) 흘러나오는
그곳이, 아직 오지 않았으나 곧 도래할, "내일의 완성"인 채로
우리 앞에 놓여 있기 때문이다. 그의 시가 삶의 보편적 원리와
탐구의 일환으로 상처투성이인 현실과 사람을 껴안으며 최종
적으로 지향하는 지점이 그곳인지는 확언할 수 없지만 나는
그가 그려놓은 이러한 "오래된 미래"(「소리의 방」) 세계의
매혹적인 아름다움에 공감한다.

조삼현의 시집을 통독한 후 나는 한 시인의 탄생을 직감했다.
이제 우리는 언젠가는 올 그날을 그리워하며 힘겹게, 고통스럽
게, 타락한 세상에서 타락한 줄도 모르고 살아가는 삶의 죄수인
우리에게 성스러운 노래인 홀리데이를 가만가만 들려주는
게 시인으로서 자신에게 부여된 사명으로 분명하게 인식하고
말할 수 있는 겸허하고 아름다운 시인을 갖게 된 것이다.

언젠가 사석에서 그는 '자유로운 영혼을 가진 자'를 시인이라
고 하였다. 나는 그 말 앞에 '감옥에 갇힌'이란 구절을 첨가하고
싶다. 그도 자신이 한 말이 그래야 하는 당위의 언술이며 그랬으

면 좋겠다는 소망의 다른 표현임을 잘 알고 있다. 시인이 자유로운 영혼을 가진 자라는 것은 시가 자유, 그 자체라는 말과 같다. 그러나 시의 자유라는 것은 현실을 초월한 상태가 아니다. 그럴 수도 없다. 다만 현실적인 욕망과 물신화의 유혹 그리고 모든 것을 상품화하고 몰개성화하는 집단적인 이념의 압력으로부터 아주 조금 벗어나 있을 뿐이다. 당연한 말이지만 현실에서의 시인 역시 여느 사람들처럼 생활에 시달리며 개인적 욕망에 갈등하는 평범한 존재에 불과하다. 하늘에서 귀양 온 신선이라든지 천형을 받은 자라는 그럴듯한 말로 포장을 한다고 해서 시인의 명예가 커지는 것도 아니고 고통이 사라지는게 아니다. 그러므로 생활인으로서의 시인에게 시는 또 하나의 감옥이다. 타락한 세상에 자신을 감금하고 시적인 언어로 현실을 인식하고 표상하며 교류하기를 꿈꾸는 내면의 감옥. 가끔은 홀리데이가 감옥의 담을 넘어 강물처럼 흘러가는 아름다운 감옥, 기꺼이 수형자를 자처하는 죄수는 오직 시인뿐인 세상에 단 하나인 고독한 감옥. 시인이 되려고 하는 자는 모름지기 시의 감옥에서 무기수로 살 각오를 해야 한다. 조삼현 시에서 그런 옹골찬 각오가 보이는가? 판단은 독자의 몫으로 남겨두고자 한다.

어쨌든 그는 시인의 길을 선택했고 첫 시집을 상재하기에 이르렀다. 녹차의 첫 물처럼 아직은 비릿하고 아린 맛이 어찌

없겠느냐만 두 물째의 좀 더 깊고 그윽한 맛을 기대해도 좋을 만큼 내공을 갖춘 것으로 보인다. 이 시집을 내기까지 그가 감내해야 했던 세월에 대해 감히 말할 수는 없으리라. 첫 시집의 상재를 축하하며 반복해서 읽을수록 시적 의미가 입체적으로 재구성되는 표제시를 인용하는 것으로 끝을 맺는다.

一心이나 일편단심 문신 속엔

깊이를 알 수 없는 저수지가 출렁거리지

먹물 몇 방울의 수심이 저리 깊을까, 물귀신처럼

집요를 물고 늘어져 놓지 않겠다는

외통수의 경구 一心

일편단심으로 무엇을 하겠다는 것인가

상처를 다스리는 맹독처럼 극단이 사랑이다, 너는

천 길 물속보다 깊은 얕은 샘물체

자기최면의 경구에 빠져버렸어

생각의 행보가 사람을 끌고 다닌다면

너를 주관하는 독재자는 꽝꽝 언 저수지 물밑

맹금류의 호흡법으로 부활을 꿈꾸지

크리스마스가 싸락눈으로 붐비던 날 생각이

한 생각을 끌고 저수지 속으로 들어간 뒤 물은

꽝꽝 얼었고 저수지는 입구와 출구를 닫아버렸어

너는 아직도 출구를 찾지 않지만 출구는

아파트 현관문을 생각하면 유추할 수 있지

걸고, 돌리고, 버튼을 누르는 삼중 잠금장치 철대문

두문불출 종일 현관문을 살피다보면 감옥과 출옥이

뫼비우스 띠라는 생각이 들기도 하지

너는 겨울 저수지에서 썰매를 타본 적 있니?

아무리 얼어도 어느 한 곳은 꼭

얼지 않고 열어둔 곳 있지

물이 죽지 않으려고, 살아 숨을 쉬려는 물의 門이지

너는 안에서 밖을 가둬버린 거야, 똑똑

밖을 두드리는 햇살의 노크에 장단을 맞춰봐

시간의 끝자락은 늘 처음이니까!

　　　　—「노역 3: 어느 수인에게 보내는 편지」, 전문

어느 수인에게 보내는 편지

초판 1쇄 발행 2015년 2월 26일

지은이 조삼현
펴낸이 조기조
펴낸곳 도서출판 b
편   집 김장미 백은주
표   지 테크네
인   쇄 주)상지사P&B

등록 2003년 2월 24일 제12-348호
주소 151-899 서울시 관악구 난곡로 288 남진빌딩 401호
전화 02-6293-7070(대) **팩시밀리** 02-6293-8080
홈페이지 b-book.co.kr **이메일** bbooks@naver.com

ISBN 978-89-91706-90-3   03810

값 8,000원